時間的背景

蘇紹連詩集

Ambiance in Time

行走，在時間與詩的稜線上

——序蘇紹連《時間的背景》

紀小樣

（〇—！）

《時間的背景》是蘇紹連這隻「詩驥」奮蹄再次宕拓詩域的印記；在他伏櫪內斂、刻苦經營的「意象轟趴密室」中，筆者是一枚悄悄潛入的驚嘆號！

（〇）

《時間的背景》詩集按照創作時間的先後踏蹄編排，共收錄三十二枚腳印。其中用數字分節的篇章有十三首，約近二分之一，除了《童話遊行》[1]之外，這可能是蘇紹連詩作結構特色的一次顯眼展現——用意象、情思切片綴連成篇，像拼圖、樂高；若以水

---

1 蘇紹連：《童話遊行》，台北市：尚書文化，一九九〇・六；新版，台北：秀威資訊，二〇一二・一。

彩畫作技法比喻當屬「縫合法」。為了配合、彰顯這本詩集的分段形式，序文取巧，化用循之。

（〇——？）

經過「隱形」「變形」之後，這一次，蘇紹連不再「驚心」閃躲，超現實的步伐也不再躑躅，直面時間的催逼（雖然其曾自言：「人的生命有限，遲早會從時間的舞台退出，但我從未憂慮……」[2]但筆者主觀不信，現實生活、教師職業退休之後，「詩」如果不是蘇紹連「對時間的抵抗、不朽立言」，為何還苦心孤詣堅守詩的陣地？或者其所「從未憂慮」者，乃是指其在詩中的高度完成，慎用文字按下時間的快門，必然會在詩路上留下影像寫真！）「一世人生」或「一世人身」可以在時空中留下什麼？在蘇紹連株拓生的詩作中不言可喻；堅決以天地生活為罈，孤獨而寂靜地孕釀；繼《時間的影像》出版之後，一個在差不多時期共伴成熟的時間的赤子——《時間的背景》果不期然就要爬出蘇紹連的母胎，而後學如我有幸目睹他的陣痛，甚至還拿著斷臍的利剪，望著發光的意象詞藻，呆立在一旁，遲遲無法落刀。

---

[2] 蘇紹連：《時間的影像・後記》，台中：台中市政府文化局出版，二〇一四・七，頁一六二。

或者更自私狡詐地說：就是為了多聽一下他的哭聲。

（一）

所有的詩作，廣義而言都是「時間的殘片」，蘇紹連切割打磨「文字」[3]，使之成形、光滑透亮，復在文字的背面鋪敷一層情感或思想的水銀，使我們看到生活的鏡像。而鏡像雖然不等於實像；但它畢竟是實像的孿生。

（二——？）

台灣的現代詩路諸多坎坷已被前行者踏平，踵繼的第二梯次龐大的駝隊亦揚起千里沙塵，筆者在文字的風沙之後亦牽著一匹灰馬茫茫地跟隨，從前驅者的腳蹤步趨觀察，當然也會偶爾撿拾到他們遺留在詩路上被流沙掩埋的羊皮水袋。羊皮水袋上有「左腳」與「右腳」的燒烙圖騰者，大概就是向陽（一九五五—）不小心遺留下來的；如果是「頭顱」與「腳印」的圖騰，十之八九是白靈（一九五一—）好心留給後之履者解渴

3 細心的讀者當可以在《時間的背景》這本書中看到「文字」這個一再在各詩作中反覆出現的字詞（粗估近五十次）。

的；那麼蘇紹連留下的又是什麼呢？好幾次，我打開那些變形的水袋，倒出來的是「眼淚」，還有兩顆可以映照出觀者影像的「眼瞳」。

（一—！）

在運轉文字的幽暗小宇宙中，蘇紹連是揉捏意象使之發光的「北方水系[4]不愛理政的精神主教[5]」；這句概括濃縮的話，有進一步自圓其說的必要：詩人是文字的魔術師，擁有運轉意象的巧手；筆者覺得蘇紹連其詩其人頗符合北方玄水屬性。在中國的五行學說中，東青木、西白金、中黃土、南紅火、北黑水；蘇紹連個性內斂，不喜也不善張揚，而其詩作筆調沉鬱又擅用「水系」、「黑色」[6]意象：「眼睛、淚水、哭泣」等

4 評論之爽，就是可以這樣捕捉風影、分析歸納製作標籤；在林燿德的《一九四九以後》：羅青是「前衛海域的旗艦」；白靈是「鐘乳石下的煉金術士」；夏宇是「積木頑童」；羅智成是「微宇宙的教皇」。

5 就約莫相同年紀世代的詩人而言，筆者所知：唐捐、李長青、王宗仁……皆是蘇紹連的死忠「粉詩」，在現代詩的創作歷程中，形式、語言、句構、意象經營或思維模式技術皆吸吮過蘇氏乳汁。當然也歡迎其他信徒繼續對號入座。

6 本詩集中，蘇紹連運用「黑」字相關意象，絕對破百；也難怪林燿德早在《一九四九以後》的評文中點出其詩作「陰冷」的觀物特色並以〈黑色自白書〉名之，故若要用色彩學評論蘇紹連的詩，非「黑」莫屬！

字詞時而洶湧泛濫；筆者心裡嘗戲稱蘇紹連是「現代詩壇最『愛哭』的詩人」[7]，開玩笑地說：蘇詩中「淚影婆娑、哭聲不斷」真是有目共睹又難以堵塞，似乎可以集中出一大冊詩集叫做《淚崩》或《淚奔》了，而細分蘇紹連詩中的「淚」緣何而發？應該也可以寫出長篇論文。

萬事萬物很難撥動世故之人淚腺；哭，我們知道是孩童的專利，而長大成人後的蘇紹連卻還是那麼愛哭，筆者所能找出的最好解釋就是：「詩人者，常保其赤子之心也！」

（二）

簡單來說，詩句、篇章結構得「對偶」映襯之長者向陽，得意象「對比」映襯之長者白靈，而蘇紹連的詩作則多得互文「鏡與像」映襯之長。就台灣詩壇前中生代的詩藝、詩學展現，概括來說，如果推動白靈詩學核心的兩大齒輪是「陰、陽」互動融核的太極，那麼蘇紹連詩藝的兩大齒輪，竊以為應該就是「孿生、鏡象」；這兩位長年躬耕

7 以蘇紹連的散文招牌詩集《驚心散文詩》和《隱形或者變形》兩部為例，筆者粗估《驚心散文詩》集中六十首詩作，跟「淚水、哭泣」直接有關者三十七首，約佔三分之二弱；而《隱形或者變形》一百三十五首中至少也有五十五首（近二分之一）。再以其最近一本詩集《時間的影像》四十六首中亦有約半數詩作涉及，有興緻者亦可算計一下《時間的背景》「眼睛—哭泣—淚水」意象群。

詩畝、年度詩選收入最多次數[8]的詩壇大家——白靈擅用對比映襯又相互交融的力量，襲奪了「日月相推」的混沌大氣；蘇紹連則具有相互旋舞的雙星孿生「共伴效應」。

（一—？）

我們所認知的「時間」必須依附「空間」而存在，「一天」是地球的自轉所造成，「一年」則是因為地球的公轉，這些認知計算都必須在「空間」的大前提下才能成立；筆者很好奇宇宙中是否有一顆星「不自轉、不公轉」？在這顆（假設它存在，而我給它命名叫）「死星」的母星上，一顆石頭將會如何感知「時間」？並且為它下定義？「時間」必須依附「空間」而存在，這個立論如果正確：我們應該也可以承認：時間是空間的一個維度，像存在鏡子裡的一個轉折，一個符合邏輯的奇妙維度。打破鏡子呢？每一個散碎的不規則鏡面中是否還有無法窮盡的轉折使我們更茫然！

（二—！）

《時間的影像》如果是「圖」、是「實」，那麼《時間的背景》就是「地」、是

8 筆者印象如此，欲詳加研究者，自可以去細翻統計。

「虛」，畫面要被完整地感知，不可忽略「圖與地」、「虛與實」的孿生、雙生。就一個人的內在質地與職業[9]或思維慣性來說，米羅．卡索[10]在畫完了《時間的影像》之後，繼而推出《時間的背景》並不令人意外；一張圖畫要完整，必然要有影像與背景。根據我們一般的認知「繪畫」是紀錄「空間」的藝術；時間可以被畫出來嗎？又要如何被畫出來？立體派在畫面中呈現影像的多面共時性；杜象（一八八七—一九六八）的〈下樓梯的女人〉嘗試捕捉時間或者空間的動態，乃至更後來的電影工業動畫……皆是空間對時間的滲透，時間被空間俘虜，進而成為空間的一個維度或向度。時間必然是哲學家（如海德格（一八八九—一九七六）《時間與存有》）與詩人（如蘇紹連者流）無法迴避的切身課題。而《時間的背景》正是蘇紹連在鏡子的背面用文字塗抹而欲彰顯《時間的影像》的那一層水銀。筆者相信，此書一出，蘇紹連對時間與生命的思考才會更形完整。

（三）

可以相互對照的「互文」是蘇紹連詩興的慣常發端點。

9 蘇紹連職業為國小美術老師。
10 蘇紹連的另一個筆名。

《雙胞胎月亮》與《穿過老樹林》兩冊童詩集，詩題之後大都附有一首古詩引文，新詩、古詩交相輝映；而收錄於《大霧》詩集輯一中的十首「古詩變奏曲」亦然，稍後的《攣生小丑的吶喊》[11]更是其詩作反射互涉的極致；這次《時間的背景》詩集中諸多詩作亦具有互文映照的鏡像關係。寬泛來說：〈移動海洋〉雖從其超文本作品衍生而出，但語調節奏的迴旋反覆，頗有商禽〈遙遠的催眠〉意趣，甚至還有些許意象的追摹；〈我的弟弟去遊行〉內文包容齊豫主唱的民歌〈橄欖樹〉；〈紅豆〉一詩內嵌曹雪芹〈紅豆詞〉旁及王維〈相思〉；〈茉莉妹妹〉則有台語民謠〈六月茉莉〉與中國民歌〈茉莉花〉的「雙聲」；〈童年密碼〉亦可自體映照其散文詩〈童年最後的野餐〉；而〈朋黨〉則讓人想到歐陽修的〈朋黨論〉。

（三——？）

拉康（一九〇一——一九八一）的鏡像心理分析理論能否完全包覆達利畫作與蘇紹連的詩作？

西班牙畫家達利（一九〇四——一九八九）的著名畫作〈記憶的永恆〉透過軟鐘讓

11 蘇紹連：《攣生小丑的吶喊》，台北市：爾雅，二〇一〇・七。

時間變形，蘇紹連在《時間的背景》這本詩集中用來抗拒時間的工具與方法就是把文字提凝成詩，他透過融化意象的矽酸鹽[12]，再利用其液態與固態共構的「液晶鏡面」來凹凸、扭曲、反射、折射物象，以之達到意象的隱形與變形；達利與「米羅．卡索」兩者皆以「超現實主義」的形式來追摹逼現我們凡人不容易察覺的現實。對於「超現實」，筆者理解是：抽離現實之「象」，婉轉達致心中之「意」，玩弄一下名詞就是：「出象」、「入意」。

為了「出象入意」，以驚駭為手段，引發人類自身深度思考，達利以直接的視覺繪畫符碼：線條、顏色、造型、光影……；蘇紹連則以間接的心覺文學符碼：意符（能指、表義、狹義、客觀確定性）、意指（所指、深義、泛義、主觀不確定性）、意象……來表現「超現實技藝」，兩者具有共同的精神趨歸。

（三—！）

蘇紹連深知在文字的曲面，映照真實；運用靈巧的老手任意揉捏、延展、撫平或

12 本指玻璃的組成原料，在此「意象的矽酸鹽」可指創造意象的文字技巧，揉捏、延展、槌打、扭曲、化合……不一而足。

扭轉文字，有時是凸透鏡，有時是凹透鏡，甚至是凹凸不規則的哈哈鏡——這樣還不滿「意」；甚至還在民國一百年《台灣詩學論壇十三號》鼓吹論寫「無意象詩」。筆者寫詩長久依賴意象亦深知其操作技巧法則，但仍沒有勇氣提出或者也沒這個能力寫出「無意象詩」，祇知一味遵守「意象是詩的鑰匙」；無「意」之詩，無思想、無情感也，這或許容易辦到；而無「象」之詩怎麼可能？幾乎所有名詞都是可以感知的「象」，「無意」加「無象」，那究竟要傳達什麼？而又可以破碎成什麼樣子？真是難以「想像」；筆者很怕現代詩又走回晦澀的囈語；所以只能狡詰地辯說，「無意象詩」就是不用寫詩或不想寫詩；詩寫久了，理想與現實的拉拔常現無力感，前不久甚至還寫出一首弔詭矛盾的詩，結尾句竟然就是「有時我們對詩歌最大的奉獻就是／不再寫詩。」而蘇紹連是一個多產的詩的老母親；健壯的孩子一個個蹦出意象的產道；孩子生多了，應該也會感到無力鬆弛；「無意象詩」或許就是為了掙脫詩的慣性，歧出或期待發現詩的全新產道，增加詩創造產出的快感，而其開拓立說實踐更是一種顛覆的勇氣！

（四——？）

騎著白馬的少年（紹連），在詩路行旅了約莫半世紀，時間風霜也騎上了他的白髮；《時間的背景》更是壓在臚頂的一根沉重蘆葦，必須盡快把它卸下——這應該是蘇紹連相當重視的一部詩集吧？

不到半年前，方由台中市文化局出版過《時間的影像》，再多產的詩人也不必一定要在同一年出版另一本詩集吧？究竟是什麼讓蘇紹連那麼迫不及待？旁證其重視程度！《時間的背景》收入的三十二首詩作，從作品繫年得知收入八年中的創作，其中收入年度詩選就有六首[13]，可見其「重」；而輯三的〈高鐵車廂中之事件〉[14]組詩十二首亦曾收入《大霧》詩集之中，可見其重視中之重視。

---

13 〈我的手掌〉：《九十一年詩選》，台灣詩學出版；〈移動海洋〉：《二〇〇四年詩選》；〈冬天占領冬天〉：《二〇〇五年詩選》；〈童年密碼〉：《二〇〇六年詩選》；〈阿曼尼〉前三節：《二〇〇七年詩選》；〈今日六帖．今日有河〉：《二〇〇八年詩選》，後五本詩選皆為二魚文化出版。

14 〈高鐵車廂中之事件〉已收進蘇紹連：《大霧》（台中：台中市政府文化局出版，二〇〇七．一）詩集中，此番再次收錄，稍有更動——總標題之下加入副標題「黑色電影詩」，各節再加上子題，黑色影像一幕幕在高鐵車廂放映，上演現實與創作的遭遇；詩中有對時間的逼問、外緣內核創作的思考，一再凸出「政治性器官」，高鐵時代了，文字卻還要面對這般肅殺、檢視；在《大霧》序文中李渡愁（雪硯）稱其帶有「後現代書寫」意味並在創作技法、意涵、修辭上詳加論述（見該書頁四十五—五十三），有興趣的讀者可以自行參看，在此不再贅述。

（四）

底下，我們就來實際探詢蘇紹連以時間為背景疆域而在詩中馳騁留下的幾枚腳印：

（四—一—二）

開篇詩作〈一片小小的陽光〉，用文字掙脫黑暗之外，更難得的是仍然保存著對於光明的警醒。

〈我的手掌〉，詩人想要將其「隱形或者變形」的手掌，彷彿有一種獨立的意志；掌紋裡滿佈著不知駛向何方的時間隱形的軌道，明明掌在手中，卻又無法掌握；一會兒是拍翅翺翔的鳥，一會兒又是枯黃裂解的葉片，這雙對於意象（或歧義理解為政治亦無不可的）「翻雲覆雨」的手掌，最後變成插在虛無風中的兩面旗幟，招展著儒者想要淑世卻又不可得之的悲涼，所有的作為在命運的面前畢竟都是徒勞，全詩瀰漫著末日的荒寒、悚慄的超現實感。

（四—三—！）

〈我的手掌〉一詩最後是「手掌空虛，搖曳，墜落／離開了我的身體」；而〈圍牆上的塗鴉〉卻是「影子蒼老、孤寂／影子匆匆而過，於牆端最遠處消失／我怎麼呼喚也喚不回」；「手掌」實體的割捨還不夠，日漸蒼老的靈魂甚至還要飽嚐影子（童真）的棄離；這使筆者聯想到孟克（一九六三—一九九四）的畫作〈吶喊〉；我們不妨試圖想像畫中人那托住凹陷臉頰的手掌不翼而飛之後，現在竟連影子也要將他拋離；那會是怎樣的一種驚駭到無以復加的悚慄孤絕？蘇紹連一再舉起超重的啞鈴，其文字意象之冰冷直逼眼目，痛徹閱讀者的靈魂與骨髓！筆者必須在此敬告，猶如孟克的〈吶喊〉，這不是一部讓你愉快的詩集。

（四—四—五）

〈童年密碼〉[15]以童真無知的角度書寫孩子對現實生活的懵懂與驚懼，全詩各段佈滿女孩與男孩的哭聲，本該是歡樂的童玩時代，所有的玩具與遊戲卻變成懼駭的政治控

[15] 有興趣的讀者，可將此詩與《隱形或者變形》中〈童年最後的野餐〉一詩相互比照參看。

制與指涉，隱含白色恐怖的時代氛圍。

〈阿曼尼〉：把Armanni國際知名的服飾品牌「抽象入意」成為男「性」權力的象徵，如同汽車界的「懶飽姦妮」；詩中毫不隱諱地揭露外在物質與慾望男女的遊戲追逐、惺惺作態的畫面情境，深具諷刺意味。

（四—四—！）

〈無關切・格瓦拉〉：諧音、藏頭，不避文字的「揉捏戲耍」[16]；《時代》雜誌選入的二十世紀百大影響力人物，古巴革命核心人物：切・格瓦拉（一九二八—一九六七）是很多人的英雄典範、精神偶像，亦被蘇紹連生冷不忌拿來意象延轉；為了開拓詩的處女地，給人溫文內斂感受的蘇紹連；竟然那麼凸破禁忌，許多「前行代」、「中生代前期」詩人所不用或不敢用的字詞意象：諸如「夢遺、自慰、SM、做愛、勃起、精子、精蟲、姦淫、下體、嗆他媽的……」不忌文字的道德、欲念的腥羶——在《時間的背景》中毫不避諱、坦然裸陳，「少年」十有五而志於詩，半世紀的詩藝修

16 〈獸形宅男〉之中「夏流、嚇流」、「黑白相姦」亦如是。中生代前期詩人陳黎（一九五四—）更擅長這種邪謔字法！

為，白髮紹連已經「從心所欲不踰矩地」修練成「詩的超級癡漢」了！

（五—！）

從學生時代到耳順之年，蘇紹連的心臟接連著一條粗大的隱形詩脈，一生無有靠岸；詩是日夜航行在他血管裡一條醉舟，勢必要在藍波中孤寂地一直流蕩下去，等待「痛苦而羞澀的愛發酵」[17]，或者「龍骨斷裂、葬身大海」才能停槳止息。而〈尋岸一生〉正可視為蘇紹連詩創作的血脈自述，我們大概可以說：蘇紹連這一條詩的大河，其寬闊水路陽面得自超現實的磅礡沖激，陰面則是中國古典（詩）文學的涵養資糧——洛夫（一九二八—）與商禽（一九三〇—二〇一〇）應該是他在詩路行旅最先找到的兩眼活泉（洛夫詩法的文字冶煉、意象融合[18]；商禽形式章法的承繼與開拓；而其招牌「淚水」則是因為目睹沈臨彬的〈青史〉：「所有的文字扭曲而變成下垂的淚滴」[19]，頓而

17 超現實主義詩歌鼻祖，藍波（一八五四—一八九一）〈醉舟〉中的名句。

18 筆者試著追溯一些蛛絲馬跡：蘇紹連《驚心散文詩》即請心嚮往之的洛夫寫序，而此集中第二首詩作〈車禍印象〉「便有兩道輪痕如淚水一樣地流出」可能依傍循出於洛夫《石室之死亡1》「我以目光掃過那座石壁／上面即鑿成兩道血槽」，甚至是本詩集的最後一首詩作亦步趨詩法洛夫《隱題詩》。

19 見蘇紹連：《隱形或者變形》，台北市：九歌出版社，一九九七・八，頁二二六。而在《時間的背景》這

鑿開其意象詩眼；我們甚至可以更概括地說：蘇紹連的詩作幾乎就是「將文字扭曲成淚滴」的一貫演練；「文字」是他的工具，「扭曲」是他的技法，「淚滴」是他的情感——小我的自憐與大我的悲憫。

（五）

在時間的鏡面上，打磨光潤照人的文字，用情感蝕刻凹槽，「把一滴水養成一滴淚」[20]。從《時間的背景》收錄的詩作中，諸如〈今日六帖〉、〈高鐵車廂中之事件〉、〈愛上我的新房子〉、〈背景〉……，吾人可以看出詩人蘇紹連以血淚為雕刀，揉捏文字、雕塑意象的艱辛決志與愛欲糾纏，屬於廣義的「以詩論詩」。

（五—？）

〈玫瑰三部曲〉，其一「玫瑰的名字」取用安伯托・艾可（一九三二—）書名；其二「玫瑰的破綻」則緣用嚴忠政（一九六六—）詩集書名，蘇紹連寫〈玫瑰三部曲〉

20 本詩集中，讀者最常看見的應該也是「文字」跟「眼淚」這兩個關鍵語詞。轉自〈今日六帖・今日有河〉。

副標題「給一歲的小孫女」，可見其珍愛程度，才會將兩者並比。吾友嚴忠政有一筆名「雪狼」；筆者筆名諧音暱稱「小羊」；第二部曲，詩中有句「狼的密語互傳，流行／勝過羊的詩句，艱澀」，衡諸事實——嚴忠政的詩比起筆者更具密度、更艱澀又更流行（從之模仿者眾）；故而筆者獨家解讀是：蘇紹連在此不小心洩露了對我們兩人詩作的評比，（笑）！

（六）

眼、耳、鼻、舌、身，可以讓我們接觸外象並賴以維生存在；相較於我們的「視聽嗅味觸」等各種直接感官，「時間」是一種更細緻幽微、更精神性的感知；只有知道「此生有時而盡」又不滿「唯有此生才能掌握」的人，才會想到時間的催迫，也才會有「生年不滿百，長懷千歲憂」的焦慮，從而奮力在其存在的空間中留下時間的深刻軌跡，創造「此身不在」而必會「精神永存」的歷史。九百年前的蘇東坡（一〇三七—一一〇一）與此在的蘇紹連，九百年後，他們還是會「藉詩還魂」。我相信，他們歷經時間篩網的詩句或將散碎為更多思感的三菱鏡，讓光進入黑暗之中散射更多的色彩；真高興我的瞳孔曾經被他們煥發的那陣文字之光照亮。

（六——！）

沒有光，我們都是瞎子。

除了詩意追求以外，近年來，攝影亦是蘇紹連的生活重心。儘管對「時間大神」有著無法抗衡的無奈，也要用「肉眼」可見的攝影凡胎與「心眼」可視的詩性聖靈，在曠宇幽宙之間竭力留下生命與際遇磨擦的光軌；因為詩影與攝影將保留住時間的切片，無數的切片或可綴連出時間的動向與殘影。在時間疏忽的空隙見縫插針，探取生命與生活互動糾纏的心血樣本，那是「時間大神」也無法阻擋或消殞的人類思想、情感與精神的勝利；因為歲月的催逼、肉體的必死，深知「存在」底蘊的蘇紹連勢必繼續用詩筆對峙時間巨大的風車，或許渺小無用，但堅決一如推動巨石上山的薛西弗斯，雖然知道窮盡個人一生或有幸有人接手、代代傳承或許徒勞，但因為「愚公的心志」，必有一段時間已被詩句提煉成為永恆。

（六——？）

《時間的背景》與《時間的影像》關係猶如「鐵軌」與「火車」，滿頭華髮的火車司機探出頭來；搭載歲月流光的「少年號」已經鳴笛啟動了，這一趟旅遊可以悠閒自在，不需要繫緊任何安全帶——如果你是詩的鐵道迷？不管你在哪一驛站？是何時日？又或搭上哪一截車廂？反正如果順路，我們會共時或異時坐上同一輛列車，看到窗外「與時俱變」的人生風景。

（——！）

用奔騰不羈的文字穿越歷史，蘇紹連的詩句正奮蹄與時間併轡齊奔，白髮與白馬已經混融一體，我們可以看見他生命詩藝奔馳的動與靜、力與美、雄健與溫柔的殘影與背景……。

（——？）

〈玫瑰三部曲〉之二，有句「我的詩集是黑色牢籠裡的一朵玫瑰」。十數本詩集；十數所囚禁詩的監獄或開疆拓土的城池。

時間、空間、政治、道德、語言、意象都是詩人的桎梏、限制；且讓我們拭目以待，看被繩索倒吊著並困在淚水中的蘇紹連——「台灣詩壇的胡迪尼」[21]，怎樣將自己從手銬、鐵鍊和約束衣中解脫出來……

（——）

寫了那麼長的序，等於佔用別人的舞台；猛然發現自己還真是一個嘮叨之人。讀者應該迫不及待想要把我踹走，然後坐上某截車廂自己體驗看看了！

剪票員知道必須讓位給開車的列車司機；臨去時卻還是依依不捨；司機已經鳴笛了，怎能讓乘客誤點？

（！！）

六號車廂裡有意象的騷動
請緊急派員警鎮壓！[22]

---

21 哈利．胡迪尼（Harry Houdini，1874-1926），被譽稱為史上最偉大魔術師、脫逃術及特技表演者。

22 整部《時間的背景》中，最電觸震動我心的詩句。

CONTENTS

輯一　冬天占領冬天

輯二 童年密碼

輯三 獸形宅男

輯四 玫瑰三部曲

輯一

冬天占領冬天

一片小小的陽光

1

在我最黑暗的時刻
僅有的一片小小的陽光
於囚禁的密室裡懸浮著

我凝視這一片小小的陽光
像凝視一個黑暗的出口
只容許一行文字通過去

一片小小的陽光懸浮著
我想像它是一隻眼睛
偵測我的語言和自由

剎那間，我和它相互對視
相遇在許多陌生的日子裡
和時間的腳步一樣無聲

2

不知從何處來的一片小小的陽光
它顫動著，畏懼於黑暗的包圍
它透明而冰涼，如一片小水波

浮浮沉沉，彷彿有一片帆
從天際的某一個缺口處緩緩降落
航行好幾個光年而來

我坐在時間的岸邊等候
黑色的河已沉睡過數個世紀
此刻醒來如同投照於水中的黎明

我看到陽光覆蓋下我蒼白的臉龐
晃動著，在悲哀中升起的一朵荷
從葉上滾落一顆顆水珠

我的手掌

1

我帶著我的手掌離開了
走過街道，進入車站
我的手掌摺疊在口袋裡

火車載著我的手掌離開了
風景在車窗口不斷的碎裂
化成粉末，剝落

我的手掌卻還存在著
旅行在時間的旅行軌道上
消逝的記憶消逝得更遙遠

就像螢幕關掉而熄滅成黑暗
看不見的一對手掌
上下撲動，不斷的翱翔

要前往何處？我問著
在摺疊的手掌中的一張車票
被剪票員剪了一個缺口，出口

2

我帶著我的手掌離開了
走出車站，走過社區
有人注視我有人閃躲我

我攤開手掌給人們看
枯黃的兩片葉子一樣分裂崩解
手掌的輪廓依然存在

透明的生物攀爬，鑽竄
在手掌中挖掘死亡的掌紋
沒有人能解釋它的意義

而我拿著我的手掌
像拿著飄揚在風中的兩枝小旗子
沒有人能解釋它的意義了

要前往何處？我問著
手掌空虛，搖曳，墜落
離開了我的身體

圍牆上的塗鴉

1

這是一道很長很長的圍牆
在童年的巷子的一邊
這是一面很寬很寬的圍牆，張貼在
兩個世代之間，從右邊看不到左邊

我走在圍牆下的日子愈來愈少了
我開始想和我走路時的影子對話

影子貼著圍牆行走，沒有腳步聲
影子蒼老、孤寂

影子匆匆而過，於牆端最遠處消失
我怎麼呼喚也喚不回

2

檢視牆面影子刮過的痕跡
像從遠處翻滾湧來的波浪

嵌在圍牆裡的，有貝殼、魚骨
還有一些航行的路線地圖
浮雕在圍牆的表層

我側身以左肩進去
頭埋入圍牆中

圍牆的底層書寫了一堆名字
如深海不見天日的植物緩緩擺動
我乃以潛艇的方式巡視了這道圍牆

放學的時刻，學童紛紛經過
舉起他們的小手，飛竄的魚
在牆面此起彼落的跳躍著

我漂浮在圍牆上的模糊的身體
畫於二十世紀，死於二十一世紀

在灰色的街道上步行

——記蕭條的鄉鎮

1

我在灰色的街道上步行
忘了怎麼出門，忘了地址
窄小，領帶似的街道
在風中搖曳，飄舞
兩旁都是關閉的門
房屋正在休息

而我慢慢往前行走
濛濛的天空覆沒了地平線
街道到了遠方，一併消失
一個被掏光生命的空鋁罐
張著嘴吶喊

傾斜的街道
像從天空中滑了下來
我行走，上升得有點吃力
到愈來愈高的地方
看見屋頂陽台往下沉

然後，我像一個緩緩轉動的輪子
在灰色的街道上茫然的滾著
冬季的下午，沒有陽光
一切只有黑色和不安的白色
交互攪著、拌著
佈滿整個天空和地面

2

另一段街道上，是
另一個可以書寫的地方
一格一格的灰色地磚
我踩著走過去
彷彿是我的文字
輾在稿紙上

在冬季寂靜的下午
我的腳步描述著鄉鎮
鄉鎮中一條空蕩蕩的街道
一字一字步行
書寫成一篇荒涼的散文

兩旁古老樓房的窗戶
不知打開眼睛來閱讀
我踽踽獨行的日誌
已書寫到最後一頁
街道尾端過去是另一個鄉鎮

另一個鄉鎮覆沒在濛濛的天空下
看不見那裡的文字
是安靜的，還是騷動的
我拉緊背脊上沉重的翅膀
如一隻飛不起來的，黑色的鳥
向另一個鄉鎮步行而去

書寫

1

你書寫你的歷史
歷史的天空烏雲密佈
你的手指頭如雷雨擊地
我撐傘掩泣匆匆迴避

你習慣穿黑色的內衣
白皙的手臂游於歷史的深水潭

蹼，是字形的意象
翅膀，是飛翔的槳
我見你像一隻天鵝
垂首，仰首
如一種自在

你習慣在倒影中沉思
暗藏天地間一種莫名的洶湧
直到胸口鼓脹
心臟的血噴出
時間依舊有秩序的
從你的手指指尖下放
在鍵盤上鍵入電腦螢幕裡

螢幕，是歷史的深水潭
時間化為文字
如波浪層層
反覆浮現
反覆沉沒

2

我在暗夜中撐傘站立
成為你桌上一盞熄滅了的檯燈

我是無用的、不可依靠的
亮光消失後的一種顫慄的黑暗
躺在硯台上，化為一灘未用完的殘墨
乾了變硬，硬了變成時間的遺跡

你選擇鍵盤書寫
文字溶解在電腦螢幕上
沉入最漆黑的軟體深淵

廢棄的一台舊電腦
裡面的文字
變成時間的遺跡
就像我一樣
無用，不可依靠

3

你喃喃而出的語言書寫在風中
看不見的文字在風中飛舞飄揚
我伸手抓住的字卻拼不出句子
文字隨機碰撞疊合成不可能的
天地的語彙

我已旋轉在你書寫的意念之下
深水潭的漣漪就像思想的擴散
旋轉，我已旋轉，如一根墨條
又慢慢的在硯台上來回磨動著
黑色的漩渦

聲音

聲音回來了，站在門口
它披星戴月，一身風霜
我請它進來
並遞給它一杯熱茶
它如水煙從杯中
瀰漫了整個房間
我迷濛著雙眼
看它忽悲忽喜的神情

聲音累了，躺在床上
它疲憊了四肢，喘息著呼吸
我為它覆蓋藍色
被單如一床海洋
它是潛藏的岩礁夢著
潮汐的律動
我停泊在它身邊
等著陪它一同遠行

冬天占領冬天

1

冬天占領冬天，你將明白
村莊裡的房屋全體展翅
在黯淡的天色中消失
你將明白，孤寂占領孤寂

下雪之後，草叢裡唧唧的椅子
路途上咯咯的箱子，依舊

喚著天地間顫動的空白
之後，塵埃的聲音千軍萬馬

你愛的愛，愛的愛
皚皚的淚光在雪地的縫隙裡
你愛的愛，愛的愛
忍不住就溶解成氾濫的恨水

2

你不明白，這是怎麼一回事
雪漸漸漸漸鹼成了鹽粒
塗抹語言，讓聲音不見
你給夜晚匆匆繫上鞋帶
叫它和所有的黑暗逃難

這裡只剩下白天，你不明白
白之白，白至白
連接記憶和記憶之間都是一大片空白
你不明白，被發現的一隻鞋子
是空白中唯一不知去處的生命句點

3

從黑暗中緩緩，爬出的生命句點
變成一步一步的鞋印，我不明白
走向記憶和記憶之間竟然一片漆黑之葉
黑之黑，黑至黑
這裡只剩下黑夜，我不明白

如何看見所有的白天存在
我的想念自體內輸送到髮際
浮現灰白葉脈，像黑暗中的青春
染成一頭漸漸漸漸失去光亮的雪
我不明白，這是不是愛

4

忍不住與歲月的背影相戀起來
我愛的愛，愛的愛
容易消逝在語言窗戶的縫隙裡
我愛的愛，愛的愛

之後，變成許多逗點和句點
綴在天地間顫動的無文字的空白雪地

路途上站牌咯咯，依舊
溶雪之後，草叢裡彈珠唧唧

我將明白，孤寂占領孤寂
在黯淡的天色中完全消失
村莊裡的房屋已經全體展翅
冬天占領冬天，我將明白

候鳥倒影

1

樓窗上飛行的候鳥倒影
閃逝的，整片天空
撞死墜落

在街道上的屍骸
被陌生的文字圍觀
千里蜿蜒的故鄉山水

如迎靈之伍
列隊而來

2

倚望窗口的光
我該如何啜飲晨間的檸檬水
像是血，它綠了
我該如何削去多餘的肉體
以飛翔之輕
飛翔
我該如何給予眼睛
看見，白天之黑

3

窗內地板上的陽光起身離去
沒多遠
在未知的空間裡焦灼而亡
誰能看見它的哀傷

4

這裡已形成
過境的巡禮廣場

廣場中央的眼睛
誰能看見它噴著淚水
廣場周圍無形的腳印
誰能看見它的去向
廣場上空烏雲的翅膀
誰能看見它的拍動
虛幻的倒影飛行
在晨間的窗口

有椰子樹的閃爍
白色沙灘下意識的
有棲息的流向
潮流交換一無所知
我默默的返鄉
紅色的痛苦
有椰子樹的湖
白色沙灘思念
有棲息的一滴水
潮流交換滴落下來
我默默的返鄉
紅色的語言
有椰子樹的貝殼裡
白色沙灘對話
有棲息的不語

潮流交換結成了鹽
我默默的返鄉

2

海洋，因為痛苦
縮小成湖
湖，因為思念
縮小成一滴水
從藍天滴落下來
我默默的返鄉
黑色的痛苦
有月光成湖
海水思念
醫療自己成一滴水

波浪滴落下來
我默默的返鄉
海水的痛苦
留在沙灘上成湖
陽光想和它思念
它忍住成一滴水
忍住的語言滴落下來
我默默的返鄉
紅色的痛苦
有椰子樹的湖
白色沙灘思念
有棲息的一滴水
潮流交換滴落下來
我默默的返鄉

我的弟弟去遊行

我帶著橄欖枝和自由戰士的槍來到這裡
請不要讓橄欖枝從我手中落下

——阿拉法特（一九七四）

哥哥
不要問我從哪裏來
我的故鄉在遠方
為甚麼流浪，流浪遠方
流浪

為甚麼遊行，遊行遠方
走著爸爸帶我們走過的路
爸爸的腳印還在
只是爸爸走遠了
我想追上去

哥哥，我去遊行啊
為了天空飛翔的小鳥
為了山間清流的小溪
為了寬闊的草原
流浪遠方
流浪

遊行遠方，遊行
看火車嘟嘟穿過山洞

遊覽車一輛一輛進城
我在隊伍中是
一支受傷的小旗子
只有風
讓我忘記了痛

遊行遠方
我想著親愛的哥哥
故鄉的山
能否看見遠方小小的我
在百萬人中
成為一個吶喊的聲音

為了讓哥哥聽見
為了讓世界聽見

還有，還有
為了夢中的橄欖樹
橄欖樹
不要問我從哪裏來
我的故鄉在遠方

假如禿鷹飛翔
上方的星星不見了
是否會把我的靈魂也一起叼走
哥哥
我仍然要去遊行
假如我會被箭射死
就用橄欖枝覆蓋我

哥哥
不要問我
為甚麼流浪
為甚麼流浪遠方
為了我夢中的橄欖樹

註：詩中置入民歌〈橄欖樹〉（曲：李泰祥，詞：三毛，演唱：齊豫）

輯二

童年密碼

炭的嘆息

旅館的古墓意象，在遺書的文字裡找到
自助旅行失落的地圖裡也發現了我的存在
但是我向來不協助靈魂的探險
煙薰我的綠色前世
今生我竟如此漆黑

漆黑裡面，隱約看見悶燒的火光：
二女相約賓館燒炭自殺留言盼為她做七年法事 2005/04/11
竹南中學音樂老師車內燒炭自殺身亡 2005/04/11
為情所困阿兵哥家中燒炭自殺 2005/04/04

疑憂鬱症作祟知名導演吳念真胞妹燒炭自殺 2005/04/02
得不到家人祝福姊弟戀人宜蘭民宿燒炭自殺亡 2005/04/01
疑似酒駕付不出罰款金門一男子燒炭自殺 2005/03/30
一對男女租屋處燒炭自殺死亡逾五天 2005/03/28
消防署科長蕭資昇燒炭自殺原因調查中 2005/03/28
投資失利鬱卒姊妹著白衣褲燒炭雙赴黃泉 2005/03/28
又見燒炭自殺男子陳屍轎車內 2005/03/28
又是相約尋短離婚女偕同窗好友燒炭一死一傷 2005/03/27

我是不起煙的餘燼，氣血已乾
原諒我賣身之際，已被當作死亡的奴僕
原諒我除濕之前，除濕機未被修理
原諒我防腐之前，防腐劑失去了味道
原諒我求生的吸附力雖強，卻釋出了一絲絲的嘆息

現在，我和已變灰、變白的囚服
一同躺在冷卻的炭爐裡

紅豆

為了會一個沒見過面的網友
在雨中越過山坡前往
跟隨的影子滴著雨水
相思血淚一路拋撒粒粒紅豆

開不完的春柳春花都是網友的容貌
沿著樓階上到了十三樓
腳的線條和手的形狀畫滿了樓
畫中的網友昨夜睡不穩

只因為窗紗風雨黃昏後
紅豆粒粒悶在被單裡夢遺

而我們會面了卻忘不了
捕捉意象的新愁與舊愁
嚥不下文字的玉粒金波噎滿喉
瞧不盡網友在菱花鏡裡形容瘦

雨後青山仍隱隱矗立螢幕中
流不斷的綠水仍悠悠於眼眸
紅豆生南國
春來發幾枝
這景象在那床被單上印染的圖案裡

茉莉妹妹

我親愛的茉莉妹妹，莫離
我遠去。磨坊裡的魔還在沉睡
牠不會騎著月光，將罐頭裡的
青豌豆撒在畫本上
牠不會說故事裡的兵是這樣變成的

我親愛的茉莉妹妹，怎麼是
單身娘仔守空房的六月
清蘭花，濁茉莉。別哭泣出身低微

勿按床頭音響，恐引蜈蚣圍繞
勿洩漏杜蘭朵公主植物的歌聲

杜蘭～杜蘭～杜蘭～杜蘭～杜蘭～杜蘭～杜蘭～
～～躲～～躲～～躲～～躲～～躲～～躲～～躲

我親愛的茉莉妹妹，徹夜
未眠的城牆是一隻夢的怪獸
注視著所有文字間的隱匿
牠的腳本裡壅以鷄糞。而唱著的
曲子則藏著無聲的音符

杜蘭～杜蘭～杜蘭～杜蘭～杜蘭～杜蘭～杜蘭～
～～躲～～躲～～躲～～躲～～躲～～躲～～躲

我親愛的茉莉妹妹，誰將妳
摘下，送給遠方國度的別人家
當夜灌以燖豬湯催情，誰將妳
摘下，鋪成床上白色的影子
讓報紙的頭條新聞標題列印在上面

我親愛的茉莉妹妹，莫離
我遠去。前往故事的結局花園尋覓
妳還在，模樣仍是開花不絕
妳還在嗎，沐浴於治魚水裡
魔的微笑，是因為牠開始會做夢

無關切・格瓦拉

這裡是出生地，切・格瓦拉
雀，在帽子上綴成星誌
哥兒們，胸膛上彈孔的位置
挖出童年深埋的詩作骸骨
蠟燭讀著毛髮

這裡不是成長地，切・格瓦拉
茄子，懸吊的身體
隔著鐵窗孤寂搖晃一個春天

娃娃，坐在詩人的鞋子裡哭泣
喇叭手是隊伍最前面的標題

這裡不是陌生地，切・格瓦拉
切腹者，他的作品是刀子
格殺吧，搞革命的作亂詩句
瓦解了一座監控城市的拼圖
拉緊的手，掌心流淚

這裡是葬身地，切・格瓦拉
瘸了的腿，已經埋為碑石
鴿子不飛，只願站為一株株野百合
蛙聲喧嘩，把留下的詩篇誦成祭文
辣椒，仍凝血在黑色的鍋子裡

童年密碼

——童玩與頑童

男孩在綠草簿本上，玩滾鐵圈
滾成老師用紅色簽字筆劃出的一輪一輪紅圈
那群躲藏在標點符號堆裡的文字
全是蟋蟀、毛毛蟲、金龜子、天牛

誰知，文字也會造句
女孩哭著回家告訴媽媽：
「蟋蟀、毛毛蟲、金龜子、天牛竟是台灣國語。」
並把布娃娃的兩片嘴唇縫成一條密語

窗外的練習場上，教練官指揮著
阿兵哥玩一二三木頭人
社會從此開始不動聲色

男孩打彈弓的事情被誇大
日曆紙折成的船與飛機全沉沒在海底
男孩哭著回家告訴媽媽：
「幾月幾日的歷史真相都不見了。」
並把樹葉捲成笛子，召喚講臺底下
偷偷學寫國字的老鼠一起啃食白色的粉筆
黑板上從此不再有錯別字

校長的宿舍，被搜出許多
不同派系的尪仔標
學生們圍著看校長鞭打自己的皮肉陀螺

受傷的靈魂懸浮在空中旋轉
女孩哭著回家告訴媽媽：
「不要打我嘛不要打我嘛！」
然後去跳房子、跳火車的影子
那一格一格倒退的窗外風景
都可能日後回來作證
校長失蹤後才盛開的百合花

騎馬打仗是一則聯考算術模擬題
幾匹馬可以換算成幾輛坦克車
整個童年都解不出它正確的答案
男孩哭著回家告訴媽媽：
「我要騎著馬拿著竹筷槍去打仗！」
幾天過後，幾月過後，幾年過後
冰棒的木片都變成竹蜻蜓了

老鷹捉了小雞又放了小雞
日記的寫法仍然沒有改變

女孩長大了還要扮家家酒
只是找不到土地公土地婆來拜拜
一群孤魂野鬼唱著：
仔點仔點水缸
叨一個新娘放屁爛跤尻
女孩哭著回家告訴媽媽：
「不要罵我媽媽不要罵我媽媽！」
捏麵人的手把事故捏造成故事
掛在門口的搖錢鼓學會了
烏鴉的叫聲

幾天過後，幾月過後，幾年過後
麥芽糖抽出一絲絲變白的髮絲
那年流行的大風吹，吹什麼
始終吹不到故鄉的山巒
男孩哭著回家告訴媽媽：
「我是蒼老的孩子，媽媽抱抱我！」
綠色的大同電風扇在屋子的角落
喃喃自語，氣像游絲
可以感覺有風吹著
睡著亦如死亡的媽媽

這世界的希望
仍是洞洞樂和抽抽樂和扭蛋樂
洞一個洞，抽一個抽，還有扭一個扭……
每條街道走廊下的抓娃娃機

在巡警交班的時刻釋放了所有的娃娃
男孩在其中找到了女孩
並向著黑色的天空叫了一聲：媽媽

與詩人共枕

我翻越你的身體
赫然發現下一頁的文字潮溼而模糊
沿海瀰漫大霧
在窗檯上的兩冊詩集一起走入
遠方

詩集裡的文字像流砂
落葉下沉，變成撈不上來的隱喻
有一棵樹像母親，它悲慟的動作
是擁著你和我旋轉

把所有的□□
都掉光

我不知那是什麼
從詩集的扉頁間
一直掉落出來
我翻閱你的眼睛、耳朵、嘴巴
也翻閱影子的肚臍、尿道和肛門
以為該會掉出文字來
結果是□□

是男胎也是女胎
我們明天為它報戶口好嗎
像兩人出版的新詩集書名
換我睡右側，直行翻閱

換你睡左側，橫躺翻閱
在接觸的瞬間
遠方
一座城市在流砂裡陷落

大陸旅行團

城市的影子
躺平了海灘
半裸的男子
以簡體字漂浮
感官的碎片
在風中翻飛

頭髮揚棄了思想
思想裡的子彈
埋在岩礁下

肌膚上水滴的重量
塌陷了寫實主義

大陸旅行團的輪船
擦過天空的方式
壯觀而空無

留下遍地的泳衣和泳褲
營造了簡體字的假語境

有一天
他們，真是他們
就這麼書寫了台灣的海岸

朋黨

我的書房格局不大
難以形成峰迴路轉的場域
藏匿於文學類下層的政治類書籍
因一隻蠹蟲，騷動不止

我伸手抽出其中一冊的面目
全非，散落一地的文字
張牙舞爪成一首詩

撿起這樣的政治詩
置入一個透明的玻璃缸裡
每日複誦著水中的句子：
「此輩清流，可投濁流。」
魚兒魚兒水中游

書房封鎖了聲音
我的電話鈴聲不響
桌燈不知書的分類與分裂
怎麼抉擇照亮哪一本
文學類書籍底下的陰影？

鳥府

晨起開窗，發現鄰近的房屋
一幢幢雕繪著陌生意象
影子廣場上來來往往的空白
畢竟是存在主義的美學
只能無奈地與影子踱步，註定死亡

而你需要種植一棵絲柏樹，在中央
放棄梵谷的向日葵，回到
黑色火舌在天空的書寫方式

山後，是工業區。鳥自山後飛來
我們卻已經遙遠了一個上午

什麼都沒進行，包含掠奪與放生
你依然面對著一個誤讀的窗口
觀看。未來派的房屋
被占據，被啄食，被解構
下沉的天空緩緩離開了世界

暮來，鳥群已全部抵達
你開始製造一個巨大的窗口
以全身的張力
爆破

散木

很久沒有聽到你文雅的聲音了
而我竟變得這麼白話
遺失的手機不知在哪裡
任由它沉默百日
電話號碼像生鏽的牙齒
張口無語

你身上的細胞，也是寂靜的文字
再不出聲音，沒有人會知道你想發表什麼
取水淋你，水有聲音

取火燒你，火有聲音
要你轟然一響驚爆成一篇經文
卻得等待千年之後的讀者

那麼，就由我的代代子孫
抄寫你的五官、內臟、四肢
這無用而繁複的經文千遍萬遍
當然，如果你的手機尋獲了
就播一通電話給不存在的我
我很久沒有聽到你文雅的聲音了

你打呼嗎？

——華胥調變奏

你疲憊，把自己摺疊在
尚未出版的詩集裡
擁著超現實的文字便呼呼大睡
不知身旁亦睡著的，一枝
橫臥的墨水筆
竟然夢遺得那麼厲害了

一翻身，文字嘩啦抖落滿地
你還真像是一隻

鬥雞，啄光了羽毛
裸著身體與現實鬥，敞著
心胸與感情鬥
卻總是輸得只剩下兩眼睜睜的
望著天花板上的地圖
倒懸的日光燈
對你嘶嘶不停地吼

然而，你的確是兩眼
睜睜的睡著了
與之呼應，節奏明顯
遠方的樂隊排著整齊的行列
鼕鼕，鼕鼕
那群政客夢遊於華胥之國

你側身而臥
在非現實的睡眠中隱匿
那群政客欲由右門出
你翻身向右，右門閉
那群政客欲由左門出
你翻身向左，左門閉
這鼻，塞得嚴重

齉齉，齉齉
鼻竇炎症又發作了

輯三

獸形宅男

今日六帖

今日有詩

今日有詩，那是好事
詩在天花板上壁虎模仿王羲之的文字
暴雨籠罩島嶼，我仍飛行
最後一筆，墜落在稿子末端

我檢視折斷的羽翼，那是好事
此後一個人踩踏腳下不再飛翔的文字

不再天空，只有地獄
沒有跟隨的影子誇飾弱男子

不同的樓層皆已熄燈，唯獨
我雙眼仍亮著，仍愛著疤痕變成蠍
雨夜中攀爬水管上來的文字
像恰吉娃娃在窗口，探身為詩的驚悸

今日有河

今日有河，是從一滴水
養成一條浴巾，我稱之為河
擦拭所有可能成為詩的裸體
乳房是豚，肚臍是熱帶魚，深海魚草漫漫

戴著潛水鏡的讀者浮出文字的表面
仍追逐不到歧出的意義

是從一滴淚，養成一條濕漉漉的道路
我稱之為河。漂流的傘漂流著象徵
有黑色翅膀的雲集體成為我的詩句
所以又是晦澀，被輾過的無花菓
滲著一絲絲血跡，路上急馳遠去的
不是大卡車，而是一條河

今日有鬼

今日有鬼，桌椅為獸類
隱身在陰暗的文字裏面
我任其擁撫，卻不噬我
吐我，為血肉模糊的散文

桌子的身軀何其龐大，胸腹上全是森林
無根飄浮，覆蓋我可能的小說篇章
椅子坐在我的掌上，誰坐在
你的椅子上？或是誰坐在誰的頭上寫詩

果不其然，今日有鬼
攝我魂魄的伸縮鏡頭伸縮著舌頭

我任其舔吮，文字任其潮濕
燈泡睜眼的瞬間，所有都是無形

今日有約

今日有約，你盛裝出席
胸襟上的識別證詮釋了一首詩
而在眾目睽睽之下蒙絮覆面的人是誰？
是誰吻著誰，卻無從識別

文字就是文字，不須麥克風虛張聲勢
時間和地點全是眼見為憑，不是說了就算
留在桌上透明杯子口的唇痕，如葉片的脈絡
一清二楚，但蟑螂總是趕錯場子

你是蟑螂嗎？你不聽伍子胥言以至今日
今日有約，約在文字的會議中心
然後等每一個蒼老的年代都到齊來見證
然後，然後，然後，這無以為繼的然後
都跟著你自刎了

今日有聞

今日有聞，聞詩人黯然離開編輯檯
副刊所有的文字均從報紙上傷心墜落一地
排好的版面，變成百年前設計好的迷宮

版上的作者和他們的文字
因不同的年代，不同的材質
在現代全失去使用的價值，像那些舊式馬桶

這麼一個詩人編輯家，卻只會編出一些
科技人至死也看不懂的意象，就像只會
把舊式馬桶放在迷宮裡那麼迷人的後現代情境

而今日有聞，詩人頒獎給科技人一顆魔豆
那肯定是一種暗殺，就像這首讓詩人看不懂的
爛詩。科技人卻看懂了

今日有霧

今日有霧，霧在你的眼睛裡寫字
寫著一封長長的，淚的遺書
我存在於霧裡，卻不存在於光芒
讓我如此含著隱匿的貝殼
在你對著藍色世界閉眼的時候，死亡

霧有日，今天消失好嗎
霧無日，今天再玩迷藏好嗎
而你可能在我可能的死亡裡哭著
問我幾時讀完遺書裡最後一顆淚
你對著藍色世界閉眼的時候，死亡

阿曼尼

阿曼尼 1

男人晨起，梳髮是自慰動作
把昨夜枕上的夢梳成左岸和右岸
記得用牛角梳子當輔助器
梳出明顯的分際線
性徵才會時尚典雅

黑夜不許瀏海超過眉角
濃密的睫毛，像攀藤植物的觸鬚
總在尋覓捕食的出口
注意頭皮屑和太濃的髮油
都不能調配成女人的食物

阿曼尼　2

男人臂膀，上游的船
於眾人目光中越過一條河
裸裎之後，升起的帆
必然是西裝畢挺的性徵

胸肌可以微微隆起某些暗示
但襯衫要平整，塞進褲子裡

打上領帶，對齊腰帶扣環上的肚臍
記得要把襯衫的第一個甲蟲扣子
扣上羽翼，這比
拉上褲襠的拉鏈來得重要

這時，只能長袖襯衫
像善舞者揮動所有的慾望
這時，不能短袖襯衫
會斷了袖口連綿的刺青水紋

阿曼尼 3

注目男人的下半身
並不猥褻，那隻神秘的兔子
總是從黑色西裝褲管裡變出來
離地一吋，就化作影子

褲管前面永遠比後面短半吋
好讓皮鞋的光澤，像黑色的鑽石
所到之處，像潮水退岸
雙腿的線條，像船桅

女人要用目光把男人的褲子燙挺
在進入深色森林的時候，切削著
摺過的感情，以及落葉紛飛中的
下半身

阿曼尼 4

男人互視，性別混淆
語言是用中性的質料剪裁
對話之後，身心舒暢
讓肉體可陽剛，亦可陰柔的
坐姿，切莫在餐桌下像水中植物擺動
切莫在經過旋轉門後，把雙手伸入
任何女人的身影裡

查理王子與華爾街的經紀人互視
眼眸與意大利的海，同一色系
玻璃杯與玫瑰花束，同一色系
流動的街道與黑襪子，同一色系
鱷魚皮件與女人的唇膏，同一色系
米羅與畢卡索的畫，同一色系
性別調換了顏色，女人也互視
但切莫在任何男人的身影裡
偷窺著對方的性徵

阿曼尼 5

男人站著，被所有的鈕釦扣著
身體被ＳＭ，理性被製版
就像左胸口袋裡的鋼筆那麼文明
那麼柔順的畫出性感曲線
就連無花紋的絲質襪子
也能游成想像的魚

當男人的襯衫領子化作鴿子的剎那
掌聲都翅膀了，高階主管的
領帶夾的感情順著迴路
輕輕盤旋，在胸前的城市高樓
都要摺成小小的模型

墨黑而閃爍著光芒的眼鏡
卻要修改成老鷹

起霧了，千錘百煉的深色
給予世界均衡的概念
男人從霧中走出來
跨過年齡和性別
開始，征服

獸形宅男

蝗男

他說他只是一隻蝗蟲，躺在我的
雪白的床上，不穿著睡衣
和壁上巨幅的裸女油畫，互瀆

惶惶不可終日，葵花面容憔悴
就算麥田裡的烏鴉成群眈視
旗幟上的鐮刀，割下耳朵
就算，我為他而死

那麼他，那麼輝煌
躺在我的田裡
熔為灰燼

貓男

他很夏流，之慵懶，趴伏在
相對位置的鏡子裡
分裂為二，毛色黑白相姦

他真的很嚇流，舔爪的樣子
像已經病成一件包裹冬天的毛氈
卻露著一絲灰色的線頭
在殘餘的陽光裡，顫抖

而他頸上的紅色緞帶蝴蝶結
證明著，他正是時間送來的禮物
等著女人用牙齒解開他

蛇男

他滑行在蛇的上面，形似蛻皮
桌上的陶瓶裡抽長著一株，陽物
而他的思想開始變成漫長的陰雨
以一年的時間換成女人的身體

彎曲在肌膚上的河流，引人遐思
是怎樣睡過，神話才成為一條刺青
寬衣解帶，連睫毛都卸除

無眶的眼神可以印在報刊上
以文字，到處流竄

他，看見了每一次死亡的蜷縮
蜷縮在每一次做完的愛裡，好似
落入洞穴裡的文字
急遽變溫，失去進入卵的力量

羊男

他把鬍子種植在田裡，一起
偽裝成農莊金黃色的作物
好像風景明信片上的微笑

他微笑了粉紅色的月亮
微笑了悲傷的文字
暗中把心臟種植在岩石裡

一起用黑色的語言澆灌
縫隙間掙扎的光芒
向著傾斜的夜，宣告熄滅

他熄滅在自己的詩句裡
熄滅了下巴和所有能生長的芽
暗中，暗中停止血液

牛男

他摺疊今年棕褐色的皮膚
像摺疊去年的冬衣，摺成一個盒子
那裡面存放著二十八歲的骨頭
和不斷反芻自己的胃

他需要這樣撐住一生嗎
稱之為牛郎，你給他一個眼神
他瞬間就把自己的臉埋入盒子裡
那頂牛仔帽像船，沉沒
沉沒是男人對話的方式
他卻沉沒得最深

所以，他打開了盒子
盜走自己的身體，獻給時間
並點燃黑暗眼睛裡的燭火
傳遞最卑微渺小的光

高鐵車廂中之事件

——黑色電影詩

1　褐色紙袋

本來是一節一節的身體
而我給警察的是一格一格的影片
我攜帶生日禮物ＤＶ攝影機進來
在入口處，鈴聲溶化，模糊
不堪追焦他的臉孔

他和一個褐色紙袋坐在我的鄰座
紙袋上遮去一半的英文字
我怎麼用台語去對話
紙袋裡，讓我想起他的內褲裡
法醫採驗的政治性器官

他怎樣為我而存在
我怎樣通過他滿足自己的需要
此是關鍵所在
我必須保持沉默
像高鐵行駛
不用多久
就可發言

2 花田圖案

前座的小女孩帽緣有一片花田
在車窗外喧嘩而去
但花田中一個黑衣人影
卻跟隨著車尾飄浮

我習慣性用想像
把他陌生化，把他的手套
隱藏為不安的烏鴉
像揮之不去的筆錄上的文字
無法塗銷

但他和小女孩隔著一條河
雖然紙袋上也印有花田的圖案
高鐵列車也經過了河流的橋
橋下也撈起一個黑衣人影
但我不知道怎麼
會失去他和我的關係
怎麼會失去
想像
和不能想像的
政治性器官是什麼形狀

3 島式月台

島式的月台漂流著
那是岸與岸往返的
中途站
旅人穿梭於暗語之水

東二出口牆角
他尾隨我進入男廁
站立在一面鏡子前
一起拉開拉鍊
陰暗的深處
即將出來的列車
無聲無息輾向

我們
成為事件中的伏筆

沒有人發覺他在紙袋上書寫
他的文字是細明體
他的頭啊
是印刷在車窗玻璃上
頭髮寫成詩

警察不能解讀的詩
由我來解讀成破裂的鏡子
就如
閉路電視監視系統
當機了
畫面一直停留在政治性器官上

4 驗票閘門

隨身攜帶著時間
插入和抽出，驗票閘門是女性
他和我都是這麼通過
不存在的性幻想

隨身攜帶著時間
急用時
就套在頭上
矇住眼睛
假裝我沒看見他隱藏的鬍子

而他就這麼躲過道德暗殺
卻躲不過我的詩
詩中的女人
也隨身攜帶著時間

在他遺留的紙袋中
竟然有一冊我的詩集
掙扎著如一隻小獸

5 紅色滅火器

有旅客走過，如同他移動的手
從小腿底下掀開一片黑色草原
擱淺的，紅色滅火器
就遺憾著未能見證那場烈焰

我用自己的詩集遮臉
不看見，不看見
所有隱喻的文字全部支離破碎
他移動的手只是為了變出一隻鴿子
從我的詩中
飛到車窗外迅速消失的風景裡

但是他失手了
把我們的列車變成火場中一行被焚燒的詩句
像一場美好的完成儀式
有人按下對話按鈕
喂，列車長嗎？
六號車廂裡有意象的騷動
請緊急派員警鎮壓！

6 白皙的腳

被繫住嘴巴的鞋子
他把它摺疊成船
放在比河流還長的鐵軌上
無法呼救，任由列車輾過

無法說話，任由水流淹沒
在河底的沙層裡，他的兩隻腳
和我的兩隻腳一起回憶著四腳獸
後座的老婦說她看見了
小時候死亡的遊戲

不相信的證據
才會說話
沒有生命的語言
透過廣播系統去找急救箱
我寧願低下頭來綁著鬆開的鞋帶
假如他兩隻白皙的腳還在
我也會幫他繫著鞋

繫得緊緊的
別讓他的語言像淚水一樣洩漏出來

7　鎂光燈閃爍

中途站，記者湧進來
車廂中萬籟俱寂

唯有小便斗滴著需要解答的水聲
需要拍攝，先擺放內褲的位置
在腹胸以上的器官顯然被移動過
報社編輯隔天聲明
這是排版錯置了標題

而列車繼續行駛一行最長的歧義的詩句
記者之外，還有一位女人隱藏其中
她可以是比喻，也可以是聯想
她是他可以替換的對象
靠著我，從我的肩胛骨進入我的身體

我一生不安，鎂光燈閃爍不斷
隧道裡漫長的一格一格黑色的底片
沖洗過後的風景

文字逐漸清晰明朗
他就在那裡

而她的全部
或一部份
將跟隨我一生
直至終站

8　失散的五官

我掀開空間的一角，偷偷瞄著他
失散的五官漸漸聚攏成形
他突然拉下瀏海，沙啞地說：
「列車的軌道是，時間。」

是乘客B的面貌不知不覺的倒懸
掛勾，獸的角是塑鋼製品
俯瞰著幾世紀前的走道
是乘客M的毛茸茸皮草內層裡血液復活
和座椅的布套摩擦，動作激烈
完全無視於臉上亮起的紅色訊號
是乘客G的灰色背包熊的身體
填充了許多別人的器官
和許多愛過死過夢過的語言

他的情緒繼續沙啞，流血
他的面貌不知不覺的倒懸
他毛茸茸的皮膚下血液復活
他在熊的身體裡拿出他的器官
他說他是怎樣為我而存在

我是怎樣通過他滿足自己的需要
列車的速度可以死
使空間一起消失
他的存在
是行駛在時間的軌道上

留住他美麗的瀏海印象
我斷然闔上空間的一角，那一幕

9　方形魚缸

他把方形魚缸鑲嵌在車窗上
液晶螢幕的厚度，風景的寬度
他為我游入有限的意象裡
水草後面做愛，搖曳生姿

窗外的速度可以死
瞬間也是永恆

水在過濾棉裡留下身體的痕跡
洗沙器在沙層底下勃起
晶瑩的，透明的漂浮著精子
為他循環著愛與不愛
循環著鰭與鰓的名字

而列車繼續前進，如何進入
如何通過魚缸像一艘潛艇
食藻的小男孩，咀嚼著
車窗中最軟弱的影像
是他可能的孩子

他回去已來不及了
來不及把生命交給氣泵
再也沒有氧氣
送到
語言裡
繼續循環的是
倒流的文字

10 刺青的蜥蜴

他要離開的時候，撕去左臂上的
傷口，那隻刺青的蜥蜴
焚身之前色彩如烈焰的影子
暗示著，暗示的美
充滿了車廂

在驚慌之中，我看見
車窗外遠方的高壓電塔是一個程式
直升機是一隻蜘蛛，的時候
他用擊破鎚擊破了自己

用同樣的方法教我
我變造我
我疏散我
我轉乘我
我下載我
排風扇持續高速轉動
排出我體內的濃煙

列車在夜色中停頓
彷彿靈魂有螺旋槳
在上空的藍色光芒
究竟是誰的眼睛
直升機的探照燈讀著一行急駛的詩
而生命在盤旋
垂下繩索的救難擔架
是他左臂上的
那隻蜥蜴

11　舔耳朵的案子

黑暗抓住了列車
蔓延的森林，軌道寂靜
我知道那個地方是他的喉嚨

找不到綠葉子的舌頭
舔耳朵的案子

私語總是潮濕，他滲漏得最多
地板、椅套、皮鞋，還有文字
全都沾滿精蟲的線索
至於文字最下面的句點
卻沒有人進去搜查過

列車抓住了黑暗
與之纏鬥；西方的海波濤洶湧
原來是他最後的表情
帆船沉沒
鼻子堅持島嶼

因此黑暗褪去
從他的下肢開始黎明起來
政治性器官的晦澀
不如列車經過燈塔和發電風車
那麼的容易被意象
被哭泣

文字最下面的句點
已經封閉。

12　列車似的微笑

他昏睡了的皮箱
他不易消化的日記簿本
他堅硬的地方閃耀著銅色的光
他皮箱上的鎖微微勃了起來

他把褲襠下的土撥鼠挑逗了
他趕牠藏入日記封面的山巒圖案裡
他的座位是我孿生的弟弟
他貼在車窗上被速度磨碎

他的褲子和我的手
是空白的車廂中唯一可見的
記憶形式，靜止的

時間像一隻蝶的雙翅
變得愈來愈薄
我用我的手代替時間
他的褲子卻代替我
延續越過溪流的旅程

我濕了的皮箱在座位下哭著
我的反面有他的簽名
我不易墜落，甚至不易勃起
我把夕陽和山巒固定不動

我列車似的穿梭
我列車似的微笑
我的座位是他孿生的弟弟
我貼在車窗上被速度銷毀

輯四

玫瑰三部曲

愛上我的新房子

1

我新購的房子，你問
地址嗎？我給你時間的路線
下交流道後，緩慢的風景
會帶你前往一首詩裡

你不是說居住在詩裡
可度過漫長的一生嗎

而我的新房子，你說
是一冊詩集，真的嗎

我懷疑你會前來閱讀
甚至住下來一同共眠
把新房子放進回憶裡
甚至浴缸馬桶和床鋪

都是讀過而無法遺忘的詩句
可以重新裝潢，你說
換一種新的空間感覺
像把人生重新排版

太過整齊的室內擺設
不是我的風格，愛上的房子

就讓它隨意生長，像麥草
有風時，它會浪漫。會想著你

2

我新購的房子，種在綠色的
蔬菜苗圃裡，我所愛的
南方風景，掛在最裡面的牆上
那是唯一想你的窗口

當房子探出嫩綠的芽
我說，那是給朋友的手
它慢慢伸長並觸及，以葉子的姿勢
你說，好美，繁葉如佛啊

想到擁抱，是兩張緊靠著的
灰色沙發，我們坐在軟軟的文字裡
假如房子長成了豆莢
你是裡面哪顆童年的豆子，我呢

所以房子會枯萎，就像苗圃
在沉默的陽光裡老去，一些些
一些些想您的時間，也變得
更少，更少打開很寂寞的窗口

3

陪著你，坐在屋頂
看遠山的生命，曾經
在那一邊日出，卻在

這一邊日落。趁著
還有一些微光的時候
我用剩餘的年齡
建屋，安居

陪著我，坐在遠山
看我的新房子
你說用意象摺疊起來的
屋頂上，有許多歧異的
現象：月亮是蝙蝠
蝙蝠是路燈，路燈是黑貓
黑貓眼裡的鏡頭
向著清朗的夜空拍攝
陰晴，圓缺

你在我的一生中
有幾次新房子？
經過日與夜的輪替
房子走了
房子又回來了
你說：房子的流浪
是改變不了的性格
但我怎麼能活在一個地方
卻不能把你成為我的
新房子，把你定居

背景

——所有的話語，從淺到深，都是物質的背景。

1

你怎麼溺斃，在紙上
你怎麼溺斃，在語言
你怎麼溺斃，在文字

我收回的聲音全染了色，唇紫了，話灰了
喉嚨裡插著梵谷的畫筆和畫刀

我老了，仍記得用金黃色召喚著你

2

你裁切我的黑色空間
用不要的部份防禦光芒

遭遇話語襲擊，牆就倒了
我被擄掠姦淫，棄之
如澄明的空瓶，吶

喊，地下噤聲
樹的思想剩餘枝椏
只好以落葉繁殖了落葉

3

天地完全裸著
你卻遮蔽著下體
懸一片草葉
懸一個眼神

話語的藤蔓把我挾持
我掙扎，變成花朵

像禽獸的美麗
一些失去筆墨的
牠們，才是一群人們的幻影

4

為鐵的生鏽而死
無怨無悔，你把話語
摺藏在文字的縫隙中

形狀束縛著雲
雲束縛著光影

我找到虛構的鑰匙
把它插入，旋轉
鐵門後面巨靈一般的笑容

5

今夜你我是相疊的磚
這裡的房屋有句，無篇
牆的死，風景送行

窗與窗，密集的話語
傢具亦尋死，前後沒有關聯

我不想讓你不知所云
不想，明天如何消逝
今夜你我先行同居

6

話語以光影埋伏
在某處擊中了我
刺痛了我的某處

雨細讀著你的眼
雨細讀著你的髮

某處和某處對話
距離卻愈來愈遠

雷擊和閃電之後
話語埋伏得更深
鏡頭晃動，闔眼

7

靜寂，浮現的雜訊如皺紋
滿臉的鬍渣，擦過天空

親密接觸，都是話語
在耳邊水域漫無止境
什麼都說了
包含一些淫穢

包含一些漂流與沉沒
包含一些渺小渺小渺小渺小的死
像幾滴伴奏的血，微微發燙

8

你躲雨於白色棉質內衣裡
煩惱維持煩惱的話語
翻滾如街上垃圾
喃喃不清

棉的軟性拓印著蜷縮的人體
或許蛹，裡面才是
繾綣一生的雨水

或許鑰匙有了翅膀
才發現不是那麼一回事
我開啟一顆鈕扣，心臟那麼安靜

9

火懷抱著木材
想餵食話語的灰燼

冬季，你把影子糊在壁上
花旋轉了自己，褪去裙子
時間萎落如一地的內衣褲

我像關在瓶子裡的水
我需要火焰自慰
打開我，在我的身體上檢索
關鍵詞就是冰冷

10

黑色分析了光
前進的街，折返的房屋
都只因為立體的影子

你和我走在紙的裡面
一幅畫的話語
是線條，是著火的舌頭

時間起身離去
空著的一張座椅，獨對
蒼茫天地

孤王

他們從耳邊經過，化為翅膀
城市化為雲霧，我翻閱路程

撥開陰霾，不見搗住時間
的雙掌，不見漁港送別的
信件，他們是魚，與游擊
與從沉默邊緣經過的眼睛

我在這裡，隱藏ＩＰ
存在於存在的悲哀

他們是衣服，是破舊的
聲音，在爬行與撐住
一個即將掉落的月亮
遍地的鳥獸、文字、書籍
繼續往下掉，身體落入自己
的位置

我是他們的位置他們
漸漸佔據了我的佔據

我位置了他們，餵食了
饑餓的視窗，鐵軌的瀏覽
偽裝成一個殘廢的風景
在那缺了一角的海角

我坐著孤獨，依然
我在這裡祈克果

FD-RS小摺疊單車港區遊記

梧棲北堤所見

風從海灘爬起來陳情，嗆聲
嗆他媽的烏雲
嗆他媽的防風林

海嘯即日發生

清水三民路橋墩塗鴉

這裡的思想是斜坡
滑得太急速
就抵達封鎖線

停下來，塗它一筆
是美的抗議

沙鹿鎮味丹工廠後方

在魚骨頭塗上綠色，午餐
土地哇沙米了天空

以偽裝的草
襲擊軍伍的記憶
反攻，反攻大陸去

清水中港交流道下

軌跡：天空變成直線
交流：從北京到台北

不經過這裡

漩渦：憤怒的芒草搖晃
圍城：空瓶為之碎為一地

梧棲台中港務局公園

心雖在此松果了，於地靜坐
揀一顆陽光，放入
遠方的黑暗裡

不忍黑暗裡的驅離
勾緊臂彎，一起沉船

梧棲臨海路鐵道火車貨廂

一起沿著憂傷的鐵軌走
那群自由，搭乘了火車

它們，是一箱一箱的炭礦

它們的火落了下來
一朵一朵是草莓的形色

龍井近蚵寮路與西濱路

忽然所見，全非真實
視後有鬼，貌類空地
全貌，非類，真空，實地
忽視，然後，所有，見鬼
核准咒語，鎖住野草莓

梧棲臨港路貨櫃倉儲

海緘默了以後
貨櫃是紙糊的
仍須裝卸數百噸的靈魂
運往巴士底監獄

晚安，不要再見

龍井鄉山腳村林家古厝

身體荒蕪了，就睡吧
夢被羈押了，就死吧

像一座古厝百年之後
囚禁於海底的牆垣
繼續下沉，下沉

沙鹿鎮南勢溪鐵道旁自行車道

回到初生，犢的唇角
童話的列車緩緩，緩緩笑著
到站的暗示，出口明亮的
眼眸，是母親的車票
已剪了一個洞

後記1：寫這組詩的時間，正值陳雲林來台、野草莓學生靜坐、陳水扁收押，難免心情受到影響，好端端的遊記，原本不是要這樣寫的，竟寫成這樣與政治時事關聯！唉，真是政治作弄人，小老百姓也逃不掉。

後記2：台中港區四鄉鎮（清水、沙鹿、梧棲、龍井）海線一路平地，適合休閒式的自行車遊逛；我的FD-RS摺疊車讓我逛出了許多未曾去過的陋巷溪流田園，收穫不少，愛土地，就先熟稔自己的家鄉吧！

玫瑰三部曲

——給一歲的小孫女

1 玫瑰的名字

我呼喚妳，以
玫瑰的名字
微微醒來的顏色
羞赧之紅

許多細小的聲音
爭著變成針
從身體裡出來
晚風輕拂，都變成
小小的夕陽

而我疏失
安拍托・艾可
把玫瑰的名字燃燒
我卻把手中的小說
當作妳的
身體

2　玫瑰的破綻

我攙著妳的手走在雪地
白色床單上，腳印兩行
另外兩行，寫在
我的詩集第一頁
一行孤寂
一行狼

那些翻閱，擺盪的麥浪
一頁一頁鋪設的文字
像蟲飛蝶舞
誰在捕捉
我說

耶耶
妳說
吧吧

狼的密語互傳，流行
勝過羊的詩句，艱澀
所以雪地有了腳印
詩集豈能沒有麥浪
耶耶
吧吧
皆為妳的童話證物

將我的詩集判刑
黑色牢籠裡的一朵玫瑰

3 玫瑰的疹子

時間，躺成漂流物
妳看見水中的倒影
是沿岸奔馳的馬車
妳看見我的腳
涉入

妳看見我的手
捧起

我的動作，是光影
輪子暗，示著年齡
沉默暗，示著語言

玫瑰的花，瓣有一半
被吹散

妳看見我的動作
被吹散

妳看見我的淚
被吹散
我願抱著妳坐著馬車
沿岸追趕

尋岸一生

——懷洛夫詩集《無岸之河》

我學生時代即將畢業那一年
像一隻小小的痲雀
走進大林文庫裡，被文字蓊鬱著
從詩集裡流出的河，被意象倒映著
我教師生涯即將開始那一年
河中有無數的水仙花漂流
裸身之後
我在哪裡呢
學生在黑板上畫河

一個渡河的人
他找不到岸
因而失去了現實
我超現實著自己的浮木
給他魚群
不如給他莊子
然後我離開教室
背脊上一條河流傾瀉而出
我入伍服兵役的那一年
夜間行軍，看見坦克車
在月光下涉水
烙著長長的履痕
我的同班伙伴用了槍
水上冒著像靈魂一樣的煙
鞋子自由的漂浮著

沒人撿起自己鋼盔下的臉
我返鄉繼續任教的那一年
設想挖地鑿出一個地下室
當作自己的祕密刑場
在那裡面三年
白色招供了黑
沉默招供了憤怒
而這些都是河流隱藏的文明
我的手需要伸出水中
撫摸月亮
在戀愛中娶妻的那一年
移居是美麗的
漣漪也是美麗的
沐浴的長髮
被落日煮沸成撒落的網

不用說明為何
身體成為天空的一部分
雙足，仍然浸蝕於河中
我印度了自己的心
魚，是一種筆
所寫的文字都沒有聲音
潛匿於網之外
我參與詩社的那一年之後
手札記載了每日的
柴米油鹽，密密麻麻
全是阿拉伯數字
這冊子，我一張一張撕下
摺成紙船，三隻五隻
十隻百隻千隻，一齊航向
永不可能出現的岸

詩寫詩集隱題詩

地水火風

地址沒有巷弄段號，因為地址是詩句
水草沒有上岸，因為不想遺忘地址
火炬沒有熄滅，因為水草還在探望方向
風沒有停止飄行，因為火炬走得又遠又亮

髮或背叛之河

髮白了邊界之雪
或許越過，可以溶解鏡子
背對背想著兩個國度
叛徒嗎？不是
之前的梳洗
河一般的流向心裡

後更年期的白色憂傷

後悔，後果，後者，都是後遺症
更衣室，更改，更迭，就是為了更上一層樓
年年經濟萎縮，把錢變小，詩也變小了

期限將至，兩行淚添加一行，歸還
的，的，的，這字仍然不好隱藏
白蘭地不白，唯嘆息最懂得留白
色不迷人，月光迷過誰的床
憂鬱是年輕的印章，蓋在六十歲的
傷痕上，就釋懷為一種心動

愛與死的間隙

愛上緩慢，髮膚更換即使千年
與峽谷的寬度相比，即使分秒
死守原貌，也要再一瞥而初戀
的人，仍是初戀的人仍是
間隔在生命的城牆邊緣，以
隙縫裡的烈日剪裁心靈的影

在中央

在刺客聲聲聲聲聲聲聲揹來
中秋處決詩的消息，枯魚亦泣
央請千丈白髮再仰望天空五千顆星星

女流

女體上，腦孕育著胎兒，腹思忖著詩作，以及
流域之寬由骨肉鋪設，水的使者來自她鄉之女

暗中

暗處無形的貓，竟然在
中午的陽光下燒成一堆灰燼

註：七冊詩集作者
《地水火風》：向明
《髮或背叛之河》：尹玲
《後更年期的白色憂傷》：蕭蕭
《愛與死的間隙》：白靈
《在中央》：李瑞騰
《女流》：李癸雲
《暗中》：唐捐

代跋

時間大圖

——《時間的背景》創作探索

蘇紹連

一、夢中塑像

從小學讀書開始，一直被教導對「主題」的重視，而忽略了「非主題」的部份。可是，我會寫詩以後，都不在「如何把握主題」上琢磨，而是常常脫離了主題去到非主題的物件流連忘返。我是一個這樣進行創作的人，不想把自己的心思耽擱在主題上。生活也是，一天裡，有正事或沒正事，總是做著非關緊要的事，大概這樣就是一種隨性或隨意（或是隨便）的態度吧。

創作是嚴謹的事，只是在創作的當下我變得很想叛逆，唯有叛逆才會讓我享受到創作的自由，以及看見自己突破的另類洞口，沐浴著從洞口灑下來的異樣光線。叛逆對象首當其衝的就是「主題」這座塑像，那麼，不乖乖的著墨於主題及彰顯主題，究竟要書寫什麼？把什麼當作書寫的內容？一篇作品真能背離作品的主題嗎？

有一夜，我夢見一座塑像，它應該就是「主題」，孤伶伶的矗立在一個大廣場上，四周靜寂，全部漆黑，忽然塑像的背後出現一堵又高又寬的大牆，牆頂上緣架設一圈又一圈的鋼片鐵絲網，牆面抓痕斑駁並爬滿枯藤，牆垣下面被桎梏的人民伸舉雙手，臉露憂憤而吶喊，我看著這幅背景，內心顫慄卻不知如何是好。再忽然間，塑像背後的景象全然改觀，亮麗溫馨，城市建築現代化，車水馬龍，洋溢著既富足又安康的景象。前後不同的景象，都是同一座塑像的「背景」！

是的，「背景」在這個夢中勝過了「主題」，我從背景中去感受了夢的氛圍，至於主題塑像在夢中反被推至夢的邊緣，我的視覺越過了主題塑像，全落在背景進行瀏覽。夢中的塑像，基本上就是一個代表主題的「主題物件」，而背景的一切，亦不過是襯托主題的「背景物件」。

夢中的塑像模糊了，其背後的景物反而歷歷在目了，由此我聯想到創作是否也可以這樣，把所有的關注都放在「背景」？

二、背景物件

從夢中醒來，我回到現實的影像裡，反覆辨識著背景和主題的關係。一幅影像的內容，「主要物件(或是幾樣物件組合)」當然成為影像主題的代表，其餘非主題的物件則成為背景。例如一幅一〇一大樓的影像圖，一〇一大樓是主要物件，而其他週邊的天空、雲、遠山或相對低矮的房子則成為背景。又如一幅室內人像圖，人是主要物件，其背後的牆、窗、桌、燈、時鐘等等則是背景。

有了這個概念，所有的觀察和思考便集中在主要物件，將之當作「主題」探索，把作品的焦點都給了主要物件。可以這麼說：「主要物件」就是「主題物件」，在文學或藝術的創作上，幾乎全在塑造主題物件的形象。主題物件不限於物，還包括人或事，例如故事裡的主角，許多的描述文字是在主角身上團團轉，至於其餘的配角，則視為主角的「背景」亦不為過。

我甚至這樣認為：以一篇文本作品來看，題目理所當然是主題物件，所有的內文都是背景物件。若題目為「城」，很明確的是以「城」為主題物件，這是具象的物件，若題目為「時間」，主題物件當然是時間，但時間卻較抽象，若題目是「時間的城」或是

「城的時間」，則主題物件當然是由「時間」和「城」兩個物件組成。若題目是「向時間的城前進」，則主題物件又增加了「前進」這種現象來形容。

那麼，「背景」在文藝創作上有什麼含義呢？「背景」這一個語詞，照字面的意思，就是背後的景物。實際上，這是一種空間觀念，講前者和後者之間的位置及關係，在後者基本上都成為在前者的背景。我們存在於這樣的一種知覺，很多時候在前者就是主題，在後者就是背景。

背景，也是一種遠近關係，它可以很靠近主題物件，也可以推得很遠。近的背景，會較清楚，遠的則顯模糊。一般的創作者都不會想讓背景清楚，因為清楚的背景會產生干擾，而奪去了主題物件的風采。

背景的簡單化或複雜化，對主題物件也都會有所影響。在影像上，背景圖像單一，就是簡單化，例如背景只是一面牆這樣的物件，那就是簡單化；而單一圖像的複沓或排比，也是簡單化的方法，例如背景是一朵朵花形成的花海。簡單化，往往使主題物件明確，效果甚佳。簡單化至極，就是讓背景空無，但一片空白，卻使整個畫面感覺僵硬。簡單化，是最偷懶最保險處理背景的方式，任何一位創作人或連初學者都可以輕易為之。

至於複雜化的背景，往往是指背景的不同物件太多，處理不當時，例如：沒有秩序、沒有歸類，就會使主題物件陷入背景的障礙中而無法彰顯。複雜的背景，要怎麼處理呢？基本上，物件太多的背景，若能使物件有秩序、有歸類，就是最好解決的方式。另外，模糊，也是一種解決方式，若套用攝影的觀念，就是「淺景深」，在主題物件之外的任何物件使其漸次模糊，形成一種朦朧美。再來，物件的對比，也是一種方式，背景物件與主題物件的形狀或色澤產生對比，而使主題物件突出，就可避免背景複雜化的缺點。

在創作上，對於背景的處理，有的會使背景較具象，儘量符合具體的現實情境，有的會使背景走向較抽象，僅是象徵式的表現。有的則是綜合兩者，虛實交替，半抽象也半具象，而不那麼的拘泥於一格。具象的背景，有臨場感；抽象的背景，有夢幻感。為符合主題的性質，創作者所做的抉擇，是要讓整幅作品呈現一個協和的調性。

對背景的處理有了基本的觀念後，再回顧前面說過的：「題目是主題物件，所有的內文都是背景物件」，我認為一篇文本創作，主題之下的內文，都可以稱之為背景，意即所有文字組織而成的內文都是主題的背景。我有此發現之後，終於在詩的創作上恍然大悟，原來，我一直努力寫的詩，每一字每一句的疊架或排列都只是在描繪這個背景大圖。

三、隱形主宰

而這個背景大圖的主題物件是什麼呢？竟然是時間。

但是，我看不見時間，我只看得見時間的背景。我知道時間是主人，時間是主宰，時間是裁判，時間是巍然矗立的隱形塑像，幾乎所有世界一切都得臣服於時間。時間雖然看不見，隱形如神，但實際上，它該是人類生命運轉的主要物件，而這世界所有一切具象或抽象的物件則全是時間的背景。有人用影像，有人用音樂，有人用歌聲，有人用語言，有人用文字，把這個時間的背景大圖呈現出來。

我用文字，文字是複雜的符碼，包含意義、形象、音韻等等要素，將其組構搭建，形成一幅幅文字刻畫的背景大圖，在時間的背後做為時間存在的見證。每日之晨，陽光穿透窗簾進入書房，而書櫃、書桌、書本、椅子和寫滿詩句的稿紙等等物件都安然如昨夜，我在此看見時間的存在，而書房不過是時間的一幅背景。

我不因為我能書寫時間的背景，就忽視了時間主題物件的存在。我在書房裡走著、坐著，自以為書房天地寬，可是，卻完全被時間籠罩著。我騎著單車在巷弄穿梭，或在田野阡陌和港灣堤岸漫遊，或在山麓坡地及蜿蜒谷徑尋覓，這些可以親臨的地景實際也是時間所鋪設。我搭乘火車或高鐵或捷運，來往於不同的城市空間，目睹不同風格的建築物，也與不同的民風民情交流，並為此拍攝了影像，做為時間的背景書寫依據。但是，用文字書寫的背景，不一定是寫實。

在時間的背景裡，我的文字務必極盡可能做到呼虛喚實的境地，虛可魔幻，實可為真。但不管是虛是實，背景終歸是主題的影子。影子怎麼變化，背景就怎麼變化。任何內文所建構的背景，其實就在形塑主題本身。時間這個主題，我有意不去碰觸，但時間的影子卻不時映現在背景上；我有意將背景隱晦不見，但時間卻會自己發光，把背景物件照亮。我又發現到：「背景的物件亦含主題物件，但背景物件不一定是主題物件」，背景與主題的關係，總是這麼複雜這麼牢牢相繫，尤其是時間這個主題。

我知道在一首詩上，主題並不是注目焦點，真正的注目焦點是背景。我關注背景甚於關注主題，雖然主題可以控鎖整首詩，而我卻讓背景偷偷的突破封鎖、逃離主題。是的，我一直在逃離時間。我逃到背景裡去，在背景裡隱形或是變形。時間仍是主宰，相對的，祂知道我再怎麼隱形或是變形，都會回復到原形，祂也知道我再怎麼逃離，都會在去處的那一端等著帶我回去。

時間，從早晨到黃昏，就坐在我描繪的背景前面，是的，它是主題，就應坐在前面，由背景襯托，由背景營造詩的氣氛，當主題需要明顯時，背景則需要隱喻意涵，在表現或傳達的技巧形式上，背景不宜凌駕主題，往往被弱化，以免喧賓奪主，蓋過了主題。我乖乖的坐在時間的前面，看著我那些以文字為時間所繪製的背景，是那麼靜默的動著、轉著，生命一樣的存活著。

是的，不斷在動的背景，更能顯現出時間的特質。是的，詩，最著力處往往是在背景。

作品繫年

二〇〇〇年作品

一片小小的陽光
我的手掌
圍牆上的塗鴉

二〇〇三年作品

在灰色的街道上步行
書寫
聲音

二〇〇四年作品

冬天占領冬天
候鳥倒影
移動海洋

二〇〇五年作品

我的弟弟去遊行
炭的嘆息
紅豆
茉莉妹妹
無關切・格瓦拉

二〇〇六年作品

童年密碼
與詩人共枕
大陸旅行團
朋黨
鳥府
散木
你打呼嗎?

二〇〇七年作品

今日六帖
阿曼尼
獸形宅男
高鐵車廂中之事件

二〇〇八年作品

愛上我的新房子
背景
孤王
FD-RS小摺疊單車港區遊記
玫瑰三部曲
尋岸一生
詩寫詩集隱題詩

閱讀大詩31　PG1319

時間的背景
——蘇紹連詩集

作　　者	蘇紹連
責任編輯	黃姣潔
圖文排版	莊皓云
封面設計	蘇紹連
出版策劃	釀出版
製作發行	秀威資訊科技股份有限公司 114 台北市內湖區瑞光路76巷65號1樓 電話：+886-2-2796-3638　傳真：+886-2-2796-1377 服務信箱：service@showwe.com.tw http://www.showwe.com.tw
郵政劃撥	19563868　戶名：秀威資訊科技股份有限公司
展售門市	國家書店【松江門市】 104 台北市中山區松江路209號1樓 電話：+886-2-2518-0207　傳真：+886-2-2518-0778
網路訂購	秀威網路書店：http://www.bodbooks.com.tw 國家網路書店：http://www.govbooks.com.tw
法律顧問	毛國樑　律師
總 經 銷	聯合發行股份有限公司 231新北市新店區寶橋路235巷6弄6號4F 電話：+886-2-2917-8022　傳真：+886-2-2915-6275
出版日期	2015年04月　BOD一版
定　　價	250元

Printed in Taiwan

國家圖書館出版品預行編目

時間的背景：蘇紹連詩集 / 蘇紹連著. -- 一版. -- 臺北市：釀出版,
2015.04
面；　公分. -- (閱讀大詩；31)
BOD版
ISBN 978-986-5696-90-0 (平裝)

851.486　　　　104003337

讀者回函卡

感謝您購買本書，為提升服務品質，請填妥以下資料，將讀者回函卡直接寄回或傳真本公司，收到您的寶貴意見後，我們會收藏記錄及檢討，謝謝！

如您需要了解本公司最新出版書目、購書優惠或企劃活動，歡迎您上網查詢或下載相關資料：http:// www.showwe.com.tw

您購買的書名：________________________________

出生日期：________年________月________日

學歷：□高中（含）以下　□大專　□研究所（含）以上

職業：□製造業　□金融業　□資訊業　□軍警　□傳播業　□自由業

□服務業　□公務員　□教職　□學生　□家管　□其它_____

購書地點：□網路書店　□實體書店　□書展　□郵購　□贈閱　□其他

您從何得知本書的消息？

□網路書店　□實體書店　□網路搜尋　□電子報　□書訊　□雜誌

□傳播媒體　□親友推薦　□網站推薦　□部落格　□其他__________

您對本書的評價：（請填代號　1.非常滿意　2.滿意　3.尚可　4.再改進）

封面設計____　版面編排____　內容____　文／譯筆____　價格____

讀完書後您覺得：

□很有收穫　□有收穫　□收穫不多　□沒收穫

對我們的建議：________________________________

____

____

____

請貼
郵票

11466
台北市內湖區瑞光路 76 巷 65 號 1 樓
秀威資訊科技股份有限公司 收
BOD 數位出版事業部

（請沿線對折寄回，謝謝！）

姓　名：____________ 年齡：________ 性別：□女　□男

郵遞區號：□□□□□

地　址：________________________________

聯絡電話：(日)____________ (夜)____________

E-mail：________________________________